Je n'ai pas peur d'essayer

David Parker
Illustrations de Cristina Ong
Texte français de Nicole Michaud

Au Club des cousins
– D.P.

À Giovanni, Alessandra, Joshua et Alexandre
– C.O.

Catalogage avant publication de Bibliothèque et Archives Canada
Parker, David
Je n'ai pas peur d'essayer / David Parker ; illustrations de Cristina Ong ;
texte français de Nicole Michaud.

(Je suis fier de moi)
Traduction de: I can try new things!
Niveau d'intérêt selon l'âge: Pour les 5-8 ans.
ISBN 978-0-545-98711-0

1. Confiance en soi--Ouvrages pour la jeunesse. I. Ong, Cristina
II. Michaud, Nicole, 1957- III. Titre. IV. Collection : Parker, David . Je suis fier de moi.
BF575.S39P37314 2009   j158.1   C2008-906695-2

Édition publiée par les Éditions Scholastic, 604, rue King Ouest, Toronto (Ontario) M5V 1E1
5 4 3 2 1   Imprimé au Canada   09 10 11 12 13

Si j'ai peur d'essayer quelque chose pour la première fois, je peux en parler à mes parents.

J'essaie un aliment que je ne connais pas.

J'essaie de grimper plus haut.

J'essaie de faire une randonnée.

On a parfois peur de faire quelque chose
pour la première fois.

J'essaie de compter la monnaie.

J'essaie de bien m'habiller de la tête aux pieds.

J'essaie de noter un message au téléphone.

On a parfois peur de faire quelque chose
pour la première fois.

J'essaie de m'occuper de ma petite sœur.

J'essaie un nouveau jeu.

J'essaie un nouveau livre.

J'ai parfois peur de faire quelque chose pour la première fois, mais je suis fier de moi quand j'essaie!

Donne trois exemples de ce que tu vas faire aujourd'hui pour la première fois.